Andrea Reitmeyer

Emily und das Meer

JUMBO

für Kilian

Andrea Reitmeyer

Emily und das Meer

Emily liebt den weichen, warmen Sandboden unter ihren Füßen.
Die Sonne scheint und ein leichter Wind weht.
» Ein wunderschöner Tag, um im Meer schwimmen zu gehen «, denkt sie.
Emily liebt es, mit den Wellen um die Wette zu springen und im
Wasser zu toben. Es gibt für sie nichts Schöneres.
Aber was ist das?

Dort, wo sie gestern noch im kühlen Wasser schwimmen und planschen konnte, ist bis auf ein paar schlammige Pfützen nur noch der nasse Sandboden zu sehen. Vom Meer keine Spur.

Emily ruft aufgeregt: »Wer hat das Meer geklaut?«

»Keine Ahnung, wo das Meer ist!«, antworten die Möwen. »Ist uns aber auch ganz egal. Wir sind froh, dass es weg ist. So können wir nach leckeren Wattwürmern suchen. Mmmh!«

»Mach dir keine Sorgen, es kommt sicher bald zurück!«, raunzt ein müder Seehund.
»Vielleicht … hat jemand den Stöpsel gezogen?«
Er schließt wieder seine Augen und setzt seinen Mittagsschlaf fort.

Emily überlegt: »Den Stöpsel? Wer könnte den gezogen haben,
vielleicht ein ganz frecher Fisch?
Nein, das ist Unsinn. Eine Badewanne hat einen Stöpsel,
aber auf dem Meeresboden gibt es so etwas sicher nicht.«

»Ich weiß auch nicht genau, wo das Meer ist«, sagt die Qualle.
»Aber mich hat es hier vergessen. Ich hoffe, es kommt wieder zurück, um mich zu holen.
Ich mag den trockenen Sandboden gar nicht.
Aber ich hörte einmal, die Fischer wären schuld daran. Sie fangen das Meer ein und lassen es erst wieder frei, wenn sie genug Fische gefangen haben!«

»Wäre es möglich, dass Fischer das Meer einfach einfangen?
Nein, die fangen die Fische doch mit Angeln oder Netzen.
Die Qualle kann unmöglich recht haben!«, denkt Emily.

»Das Meer wurde von den Walen getrunken. Die haben riesige Mäuler. Ich habe mal einen gesehen!«, erklärt der kleine Krebs.

»Wale? Stimmt, die sind schon ziemlich groß.« Das weiß auch Emily. »Aber so groß, dass ein ganzes Meer hineinpasst?«

»Das Meer?
Das hat der Mond geklaut!«,
lacht der alte Seemann.
»Das ist ein frecher Geselle.
Gib acht, dass er dich nicht
auch noch mitnimmt!«

»Der Mond ein Dieb? Das ist von allen Geschichten wirklich die albernste!«, ruft Emily trotzig.

»Nun reicht es mir! Ich werde selber nachschauen, wo das Meer geblieben ist. Weit kann es noch nicht gekommen sein«, denkt Emily. Entschlossen läuft sie dorthin, wo eigentlich das Meer sein sollte. Nach einer Weile wird sie müde. Als sie sich umdreht, stellt sie erschrocken fest, dass der Strand unheimlich weit entfernt ist. Sie muss schon sehr lange gelaufen sein.

Plötzlich kitzelt etwas Kaltes an Emilys Füßen.
Sie springt vor Freude in die Luft.
Da ist es ja: das Meer!

Emily hat das Meer ganz alleine gefunden.
Oder hat das Meer sie gefunden?

Auf einmal ist das Wasser überall.
Und es steigt.

Emily stellt erschrocken fest, dass das Meer tatsächlich zurückkommt, wie die Seehunde es ihr erzählt haben.

Oje, das Wasser wird immer tiefer, Emily muss schwimmen.
» Hilfe! «, ruft sie.
Doch plötzlich kommt etwas geflogen und klatscht neben ihr ins Wasser.
Ein Rettungsring!

Der alte Seemann hat Emily vom Leuchtturm aus beobachtet und ist schnell mit seinem Boot zu Hilfe gekommen.
»Kleine Mädchen dürfen doch bei Flut niemals allein im Watt herumlaufen, weißt du das denn nicht?«, fragt er. Emily hustet aufgeregt.
»Ich weiß nur, dass ich eine Menge Wasser geschluckt habe. Was ist denn überhaupt Flut?«
Der alte Seemann gibt ihr eine warme Decke. Dann erzählt er ihr die ganze Geschichte vom Verschwinden des Meeres.

Ebbe und Flut entstehen durch das Zusammenspiel von Mond und Erde. Dabei wird das Meer vom Mond angezogen. Der Mond wirkt wie ein riesiger Magnet. Und weil er sich um die Erde dreht, folgt ihm das Meer. Manchmal ist das Wasser also ganz tief und wir können schwimmen und in den Wellen toben.

Doch der Mond dreht sich weiter um die Erde und das Wasser folgt ihm, verabschiedet sich langsam vom Strand.

Nach ungefähr sechs Stunden scheint das Meer verschwunden zu sein. Wir nennen das ***Ebbe***. Nun ist Zeit dafür, den schönen Wattboden zu erkunden. Das sollten wir aber nur mit einem Wattführer machen, der sich gut auskennt und uns zeigen kann, wo man spazieren gehen darf. Im Watt können wir zum Beispiel tolle Muscheln oder Wattwürmer finden. Der Meeresboden ist so spannend!

Wenn wir nun wieder sechs Stunden warten, können wir beobachten, wie das Wasser erneut steigt. Das nennen wir ***Flut***.

Emily hat sich gleich auf den Weg zu ihren neuen Freunden am Meer gemacht, um ihnen die ganze Geschichte zu erzählen.

Weder die Wale noch die Seemänner oder frechen Fische waren schuld am Verschwinden des Meeres, nein, es war tatsächlich der Mond.

Der Mond hat das Meer geklaut!

Andrea Reitmeyer, 1979 in Ostfriesland geboren, studierte Kommunikationsdesign an der Fachhochschule für Gestaltung in Mainz. Heute arbeitet sie als freie Illustratorin und Autorin. Ihre Bücher »Emily und das Meer«, »Emily, der Wind und die Wellen/Emily, de Wind un de Wellen«, »Emily auf dem Bauernhof/Emily op'n Buernhoff«, »Kater Paul und der rote Faden«, »Elio möchte groß sein«, »Igel Igor mag das nicht«, »Trau dich, Ida! Kleines Eichhörnchen, großer Mut«, »Kleine Biene Hermine, wo bist du zu Haus?« und »Robin. Ein kleiner Seehund räumt auf« sind im JUMBO Verlag erschienen.
Andrea Reitmeyer lebt mit ihrer Familie in Mainz.

7. Auflage 2024

Text und Illustrationen: Andrea Reitmeyer | Redaktion: Julia Stefanie Kress
Grafische Bearbeitung: Hanna Wienberg
Druck: FINIDR, Lípová 1965, 737 01 Český Těšín 1, Czechia
Tschechische Republik

ISBN 978-3-8337-2882-2

Andrea Reitmeyer bei **JUMBO**

Am Meer gibt es so viel zu entdecken! Besonders gerne lässt Emily ihren Drachen steigen und sucht Muscheln und Steine. Doch was ist das für ein Hügel, der gleich hinter dem Strand liegt? Emily trifft Schafe, Kühe und Möwen, die alle eine Erklärung für die seltsame Wiese haben. Plötzlich wird der Himmel ganz dunkel und ein Sturm zieht auf! Zum Glück lädt der alte Seemann Emily in den Leuchtturm ein, wo sie alles über Deiche und das Leben am Meer erfährt.

Bilderbuch Hochdeutsch ISBN 978-3-8337-3387-1
Bilderbuch Hoch- und Plattdeutsch ISBN 978-3-8337-3388-8

Emily ist zu Besuch auf dem Bauernhof von Tante Marie und Onkel Theo. Dort gibt es jede Menge zu entdecken! Emily darf die Kühe melken und auf dem Traktor mitfahren. Mit Tante Marie backt sie einen leckeren Gugelhupf. Die Zutaten dafür gibt es natürlich direkt auf dem Bauernhof: Eier von den Hühnern, Milch von der Kuh …

Bilderbuch Hochdeutsch ISBN 978-3-8337-3687-2
Bilderbuch Hoch- und Plattdeutsch ISBN 978-3-8337-3686-5

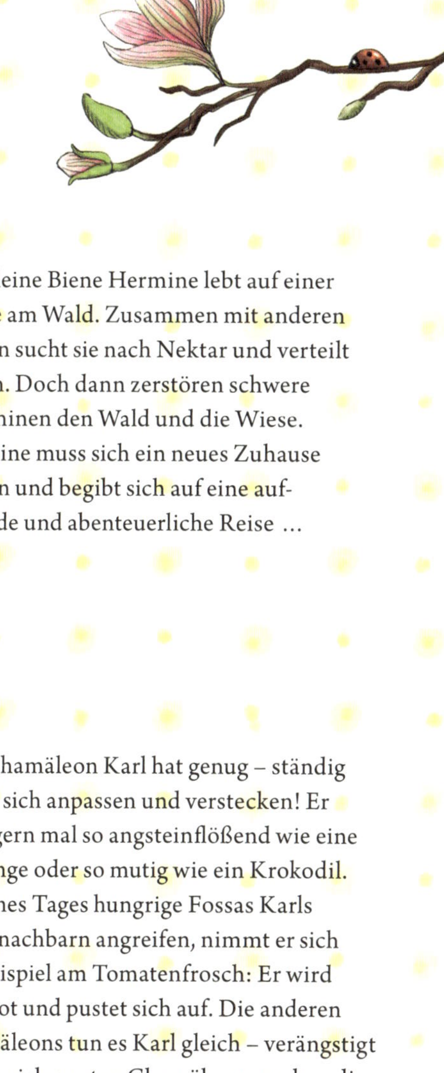

Bilderbuch ISBN 978-3-8337-4010-7

Der kleine Seehund Robin lebt mit seiner Familie auf einer Sandbank im Meer. Eines Tages taucht dort unerwartet ein Kegelrobbenmädchen auf und bittet um Hilfe. Gemeinsam machen sie sich auf den Weg. Auf ihrer Reise durch das Meer stellt Robin fest, wie viel Müll darin herumschwimmt. Entschlossen, das zu ändern, fasst Robin einen Plan …

Bilderbuch ISBN 978-3-8337-3815-9

Die kleine Biene Hermine lebt auf einer Wiese am Wald. Zusammen mit anderen Bienen sucht sie nach Nektar und verteilt Pollen. Doch dann zerstören schwere Maschinen den Wald und die Wiese. Hermine muss sich ein neues Zuhause suchen und begibt sich auf eine aufregende und abenteuerliche Reise …

Andrea Reitmeyer
Trau dich, Ida!
Kleines Eichhörnchen, großer Mut
JUMBO

Bilderbuch ISBN 978-3-8337-3551-6

Ida Eichhörnchen traut sich nicht!
Der Baum ist zu hoch, der Wald zu dunkel und überhaupt – man weiß ja nie. Während die anderen Hörnchenkinder unten spielen, toben und die tollsten Sachen entdecken, bleibt Ida oben auf ihrem Ast sitzen.
Da flattert eines Tages ein wunderschöner Schmetterling vorbei und flüstert ihr etwas ins Ohr. Und auf einmal traut Ida sich doch …
Eine liebevoll illustrierte Geschichte über Mut und eigene Stärken. Mit vielen Infos über Eichhörnchen, ihre Eigenschaften und Lebensweisen.

Bilderbuch ISBN 978-3-8337-4370-2

Das Chamäleon Karl hat genug – ständig soll er sich anpassen und verstecken! Er wäre gern mal so angsteinflößend wie eine Schlange oder so mutig wie ein Krokodil. Als eines Tages hungrige Fossas Karls Baumnachbarn angreifen, nimmt er sich ein Beispiel am Tomatenfrosch: Er wird knallrot und pustet sich auf. Die anderen Chamäleons tun es Karl gleich – verängstigt von so vielen roten Chamäleons suchen die Fossas schnell das Weite! Ab jetzt wissen alle, dass Chamäleons sich nicht nur anpassen und verstecken, sondern auch ganz kunterbunt sein können!